베스트 한국 전래 동화 22

소원을 들어 주는 항아리

글 조항록 I 그림 이희탁

'철썩철썩, 쏴아쏴아!'
어느 바닷가 마을에 마음씨 착한 어부가 살고 있었어요.
어부의 아내는 몹시 심술궂고 욕심이 많은 사람이었지요.
"난 큰 부자가 되어 떵떵거리며 살고 싶어."
아내는 틈만 나면 투덜거렸어요.

‘쌩쌩, 휘잉휘잉!’
차가운 바람이 거세게 부는 어느 겨울날이었어요.
어부는 그물을 가지고 바다로 나갔어요.
‘이런 날에는 물고기들도 꼼짝 않을 거야.’
어부의 생각대로 해가 뉘엿뉘엿 질 때까지
단 한 마리의 물고기도 잡히지 않았어요.
“어떡하지. 이대로 집에 돌아갈 순 없는데…….
마지막으로 그물을 한 번만 더 던져 보자.”

조금 뒤, 그물을 건져 올리는
어부의 가슴이 두근두근 했어요.
그물이 아주 묵직했거든요.
'물고기들이 많이 잡혔나 봐!'
하지만 그것은 물고기가 아니라 커다란 항아리였어요.
어부는 한숨을 푹푹 내쉬었어요.
실망이 이만저만이 아니었지요.
"별 수 없지. 이 항아리라도 가져가야지."

어부는 항아리를 가지고 집으로 돌아왔어요.
"아니, 웬 항아리예요?"
"물고기는 못 잡고, 그물에 항아리가 걸려 가지고 왔소."
아내는 어부의 말에 펄쩍 뛰었어요.
"아이고, 내가 못 살아!
우리 집에 그 따위가 무슨 소용이에요?
당장 내다 버리고 쌀을 구해 와요!"
아내의 얼굴이 붉으락푸르락해졌어요.
어부는 머쓱해* 항아리만 어루만졌어요.

*머쓱하다 : (무안을 당하거나 흥이 꺾이어) 열없고 기가 죽어 있다.

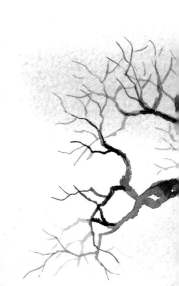

그러자 항아리에서 연기가 모락모락 피어 오르더니
꼬마 도령*이 스르르 나왔어요.
"안녕하세요, 주인님.
무엇이든 소원을 말씀하세요."
어부는 너무 놀라 멀뚱멀뚱 쳐다볼 뿐이었어요.
아내가 재빨리 도령에게 말했어요.
"호호호, 우리에게 쌀을 줄 수 있나요?"
그러자 도령은 빙그레 웃으며 말했어요.
"뒷마당으로 가 보세요."

*도령 : '총각'의 높임말.

과연 뒷마당에는 쌀가마가 가득 쌓여 있었어요.
"어, 어떻게 이런 일이······."
어부는 쩍 벌어진 입을 다물지 못했어요.
"영감, 잘 됐어요. 도령에게 우리를 부자로 만들어 달라고 해요."

그러자 어부가 차분하게 말했어요.
"쌀이 저렇게 많으니 됐소. 욕심부리지 맙시다."
하지만 아내는 듣는 둥 마는 둥 하고
헐레벌떡 도령에게 달려 갔어요.

"어? 도령이 어디 갔지?"
마당에는 항아리만 덩그러니 놓여 있었어요.
아내는 머리를 갸웃거리며 생각해 보았지요.
"옳아, 그래! 영감, 어서 항아리를 어루만져 보아요."
이내 연기가 모락모락 피어 오르더니
꼬마 도령이 다시 스르르 나타났어요.
"안녕하세요, 주인님.
무엇이든 소원을 말씀하세요."

아내는 기뻐하며 얼른 말했어요.
"번쩍번쩍 빛나는 보물을 많이 줘요."
도령은 이번에도 빙그레 웃었어요.
"내일 아침이면 이 마당에 보물이 가득 쌓일 거예요.
그런데 제가 들어 드릴 수 있는 소원은
세 가지뿐이니, 이제 하나가 남았네요."
그 말을 듣고 어부는 손사래*를 쳤어요.
"아니에요, 이만하면 됐어요.
우린 이미 많은 것을 얻었으니까요."

*손사래 : (어떤 말을 부인 또는 거절하는 뜻으로) 손을 펴서 내젓는 일.

도령이 항아리 속으로 사라지고 나자
아내는 **버럭버럭** 소리를 질러 댔어요.
"아이고, 왜 그렇게 미련해요?
난 아직 갖고 싶은 게 많단 말이에요!"
어부는 조용히 고개만 절레절레 흔들었어요.
"흥! 겨우 세 가지 소원이 뭐야.
영감, 내일 바다로 나가 그런 항아리를 몇 개 더 건져 와요."
어부는 슬슬 걱정이 되기 시작했어요.

"와, 이것 좀 봐! 아이, 좋아!"
다음 날 아침, 도령의 말대로
마당에는 보물이 수북이 쌓여 있었어요.
아내는 하하호호 웃으며 어부에게 말했어요.
"빨리 바다로 가 항아리를 더 건져 와요."
어부는 할 수 없이 다시 바다로 나갔어요.
"욕심을 그만 부려야 할 텐데, 쯧쯧."
터벅터벅, 어부의 발걸음이 무거웠어요.

어부가 바다로 나간 사이,
아내는 도령을 불러 내 세 번째 소원을 말했어요.
"나를 젊고 예쁜 여자로 만들어 줘요."
도령은 이번에도 소원을 들어 주었어요.
아내는 거울을 보며 기뻐서 어쩔 줄 몰라했어요.
"어쩜, 내가 봐도 반할 만큼 예쁜걸."
그런데 아내의 욕심은 정말 끝이 없었어요.
"이렇게 예쁜 내가 어부의 아내로 살 순 없어.
영감이 새 항아리를 가져오면 왕비가 되고 나서
못난 남편을 내쫓아야지."

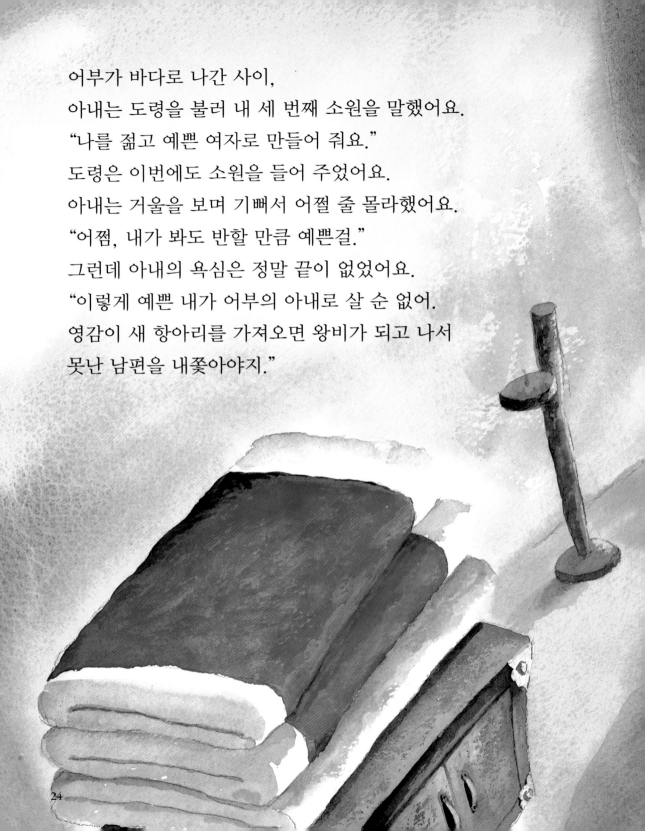

24

하지만 다음 순간, 아내의 얼굴이 예전처럼 변했어요.
거울에는 쭈글쭈글 늙고
욕심과 심술이 가득한 얼굴이 비쳤지요.
"으악! 이게 무슨 일이야?"
아내는 울며불며 고래고래* 소리를 질렀어요.

*고래고래 : 화가 나서 큰 소리를 지르는 모양.

27

그뿐 아니었어요.
번쩍번쩍 보물도, 뒷마당의 쌀가마도
모두 감쪽같이 사라지고 없었어요.
"흑흑, 내가 너무 욕심을 부렸나 봐."
그제야 아내는 땅을 치며 후회했어요.

"아니, 어찌 된 일이오?"
저녁 늦게 빈손으로 집에 돌아온 어부가
어리둥절해하며 물었어요.
"미안해요. 내가 욕심을 너무 부려 벌을 받았어요."
아내는 그 동안 일어났던 일을 다 이야기했어요.
어부는 흐느껴 우는 아내를 다독거려* 주었어요.
"울지 말아요. 우리 힘으로 열심히 살면 되지 않소."
그 뒤, 아내는 착하고 부지런한 사람이 되었답니다.

*다독거리다 : 남의 약점을 감싸거나 용기 따위를 북돋워 주다.

소원을 들어 주는 항아리

내가 만드는 이야기

아이들이 들려 주는 이야기를 들어 본 적이 있나요?

그 이야기 속에는 아이들의 무한한 상상력과 창의력이 담겨 있음을 발견하게 될 것입니다.

번호대로 그림을 보면서 앞에서 읽었던 내용을 생각하고,

아이들만의 상상력과 창의력이 표현된 이야기를 만들어 보게 해 주세요.

소원을 들어 주는 항아리

옛날 옛적 요술 항아리 이야기

〈소원을 들어 주는 항아리〉와 비슷한 내용의 이야기로, 아라비아의 〈알라딘의
요술 램프〉나 유럽에서 전래되는 민담인 〈세 가지 소원〉 등이 있습니다. 〈세 가지
소원〉에는 나무꾼과 난쟁이가 등장합니다. 난쟁이의 부탁을 들어 준 착한 나무꾼
이 세 가지 소원을 빌게 되지만, 욕심을 너무 부린 탓에 아무것도 이루지 못한다는
내용입니다.

〈소원을 들어 주는 항아리〉도 지나친 욕심 때문에 모처럼 찾아온 행운을 놓친
어리석은 사람을 꾸짖는 이야기입니다.

〈소원을 들어 주는 항아리〉의 결말은 원전과는 조금 다릅니다. 원전에서는 어부
의 아내가 욕심을 부려 항아리를 또 건져 오라고 남편을 바다로 보낸 뒤, 자신은 왕
비가 될 것을 꿈꾸다 모든 행운을 물거품으로 만들고 맙니다. 그리고 바다로 간 남
편은 돌아오지 않지요. 남편은 용궁으로 초대되어 그 곳에서 즐거운 생활을 누리게
되고, 홀로 남은 아내는 불행하게 살다가 죽는 것으로 되어 있습니다.

그렇지만 옛 이야기는 아이들에게 꿈과 희망을 주어야 한다고 생각해 심술궂고
욕심 많은 어부의 아내라 할지라도 반성과 회생의 기회를 주어야 할 듯하여 결말의
내용을 재구성하였습니다. 막연한 행운을 기다리기보다는 소원을 이루기 위하여
스스로 노력하는 자세가 더 바람직하겠죠?

▲ 〈소원을 들어 주는 항아리〉의 이
야기 처럼, 소원을 들어 주는 요
정을 불러 내는 〈알라딘의 요술
램프〉 삽화.